DENMA

THE
QUANX
10

양영순

네오
카툰

chapter II. 02-3

콴의 냉장고

태모신교 감찰국

예, 분명히 저희가 소장한 데이터로는

교차공간 흔적에 남겨진 기술을 썼던 놈은 지금까지 단 한 놈이었습니다.

해서… 국장의 통고나 동의 없이 바로

백사회를 감찰국으로 비상 소집시켰어.

별말씀을요. 주교님 고유 권한인걸요.

우리가 염려하는 그놈이라면 적절한 조치십니다.

지금 엘가와 손을 잡고

종단이 새로운 도약을 준비 중인, 대단히 중요한 시기야.

우리의 불안이 맞는 것으로 확인되면 모쪼록 별다른 소란 없이

종단 사업에 방해가 되지 않게 처리해줘.

만일 백사회까지 동원했는데도 문제가 생긴다면

그 책임은 고스란히 자네가 떠안게 될 거야.

그만큼 내 신경이 곤두선 상황이라는 거야. 내 말 알겠지?

네, 주교님!

지금부터 문제 해결 전까지

백사회 지휘권을 자네에게 모두 넘기겠어.

염병! 그게 왜 내 책임이야? 할망구 말하는 꼬라지하고는…

ㅋㅋㅇ

틱

어떻게 할까요?

넘어온 놈이 과거 태궁 테러의 장본인이라면

고향이 그리워 돌아온 게 아닐 거야.

우리가 먼저 찾아내서

문제의 싹을 완전히 제거하도록 한다.

종단 데이터 센터에서

놈의 신상과 쓰는 기술에 관한 모든 기록들을 넘겨받아서

감찰국 전 대원과 백사회 애들한테 돌려.

프레젠테이션 끝나는 대로 8우주로 넘어온 것의 정체를 밝힌다.

옛썰!

……

어쩐지 이번 일…

상당히 꼬일 것 같은 느낌…

슈우웅

……

일어나!

!

일어나! 이놈들아!

이번 것들은 왜 이렇게 매가리가 없어.

너희가 기다리던 귀족 나부랭이들 왔다!

더 이상 남의 영업장 분위기 흐리지 말고

오늘은 잘 좀 털어서 제발 좀 팔리라고!

......

도저히 우라노를 벗어날 수가 없는 거야, 나는.

이 가게 때문에

ㅎㅎㅎ… 듀공 후작 놈이 이 가게를 소유하려 했다가

단골 귀족들에게 사업장을 몽땅 뺏기는 수모를 괜히 겪었겠어?

인사 올립니다, 어르신들!

아봐, 이거야 원…

이것들이… 식사를 방해할 셈이야?

이봐, 마노아 선생!

제발 가게에서 저런 거지들 좀 치우라니까!

누가 개천의 용인지 분간할 수가 있어야죠!

허허허허…

하여간 저 양반 넉살 하고는…

8

내 눈엔 전부 개천의 지렁이들로 보이는데…

그래, 거기 너부터 자기소개나 읊어봐!

네, 저는…

할아버지!

응?

손님들이 싫어하잖아.

저 거지들 대체 뭐예요?

우리 가게에 귀족 단골들이 많다는 소문을 듣고 언제부터인가

신분 때문에 출셋길이 막혀버린 녀석들이 행성 각지에서 몰려들기 시작했어.

저 천민들 중 절반은 행여라도 귀족들의 눈에 들어

신분 상승을 할 수 있을 거라는 허황된 꿈을 꾸는 멍청이들이지.

나머지 절반은 그런 꿈을 이루려고 엄청난 노력을 해온 녀석들이야.

귀족들에게 필요한 인재들.

그리고 그것들 중 한둘은 이 우주에 새로운 질서를 만들

무시무시한 잠재력을 가진 영웅.

문제는 누가 멍청이고, 인재이고, 영웅인지 아직은

알 수가 없다는 거야.

생각해 봐. 우주의 질서를 만드는 영웅이

한때는 이 할애비 가게의 거렁뱅이였다… 그거 죽이지 않냐?

……

그게 뭐야?

정말 그런 거라면 밥이라도 좀 먹이든가…

그건 절대 안 돼! 귀족들한테 밥 한 끼 못 얻어먹는 그런 한심한 놈들에게

내 영혼이 담긴 작품을 공짜로 줄 수는 없어!

뭐야, 결국 인색하고 심술궂은 이상한 영감인 거잖아!

동시에 네가 사랑하는 할애비지.

9

얼굴이 그렇게 이상해?

......

앞으로 일주일은 밥 생각 안 날 것 같아.

식사 중이신데 결례를 범합니다. 인사 올립니다.

저는 투르크가의 하즈라고 합니다.

앉게. 혼자 먹기에는 양이 많아.

감사합니다.

탁

웃…!

어떤가? 나와 같이 식사할 수 있겠나?

......

정말 악취미로군. 망할 자식!

하지만…

이렇게라도 먹지 않으면 이곳에서 버틸 수 없다.

제… 제가 더 잘생긴 이유가 동석할 수 없는 조건이라면

이만 일어서겠습니다.

프흐흐흐…

재미난 친구로군.

꼬르륵

......

잠시 기다리게.

!

11

......

츠이이잉

......

도대체 누구세요들?

아하하하…
이거 소개가 늦었네요.

카네 수녀님께 들으니 귀한 분이 오셨다고 해서

인사차 들렀습니다.
이것 좀 드시죠.

......

저기요,
뭘 원하시는지 알겠는데

일단
제 일만으로도
엄청 벅차거든요.
그러니 어서
나가주세요.

그러지
마시고 잠시만
봐주시면…

아, 글쎄 지금
제 앞가림도…

아, 저분이
엘가의…

안녕하세요.
반갑습…

탕

지겨운 찰거머리들!

하여간 호의를 베풀어주면 이때다 싶어서…

그런 근성을 가졌으니 평생 귀족들한테…

!

아, 진짜…

아하하… 매니저님. 하하…

이것들 봐요!

감사합니다.

아놔! 내가 이따위 구멍가게 장부나 보고 있을 상황이냐고!

내가 그렇게 한가해 보여?

저런 염치없는…

……

응? 뭐야, 이 어처구니없는 항목들은…

이거… 노예들을 너무 심하게…

짝

퍽

이건 그동안의 관례에 어긋나는 거라고요!

게다가 이런 행패로 사람까지 해치면서 도대체 후작님은…

말했잖아! 이건 호조 후작님 뜻이 아니라고!

우리 관례에는 관심 없는 고산 공작님의 명이라니까!

공작님이 돈이 급하다잖아!

현금이 없으면 너희들 장기라도 꺼내 놓으란 말이야!

티 티

……

그래서?

떼쓰고 졸라서
그 염소 공주라는
여자한테

결국
그 부스터 건의
설계도를
얻어내.

그리고
넌 그걸…

프린세스라는
파일명으로 게임
아이템에 등록…

있다…!

틱

띠링

……

그 약쟁이가
읽어준 기억…

모두
사실이었어.

팅

아, 뭐 해?
사람들 불러놓고 언제까지
기다리게 할 셈이야?
지금 어디야?

방구석에 처박혀 있기 답답해서 밖으로 나왔어.

자, 오늘은 간만에 레이드 한판 가자. 집중력이 필요한 플레이니까 지금 화장실 다녀와.

실버퀵 놈들의 시선을 피하려고 일부러 무리 안에 섞여 있어.

우리 계획에 핵심이 될 대단히 중요한 사안이야.

......

맙소사… 엘가의 규모가 정말 이런 수준이었단 말인가…

이게 말이 돼? 어떻게 이런 걸 지금까지 숨길 수 있었던 거지?

결과적으로 가이린 양은 현명한 선택을 했다고 보네.

그게 무슨 개소리야?

이건 자네의 분노와 번잡함을 정리해서

우리와의 동행길 심경을 가볍게 하려는 의도야.

어렵게 구한 엘가의 재무표네.

자네가 보고 있는 건 가이린 양이 작년에 낸 세금.

근데…
우리의 추측이 틀린
거라면?

지금 그게
무슨 소용이 있어?

맞건 틀리건
애플은 이미 강아지에게
완전히 노출됐는데.

달리 선택의 여지가
없어. 해왔던 대로
끝까지 가는 거다.

그래, 덴마가
옳아. 어차피 죽는 게
결론이라면

원껏 한번
질러나 보자고.

제기랄!
숨이 턱 막히네.

진정해! 심호흡
하라고. 놈은 아직
우릴 필요로 하고
있단 말야.

이제 어쩌지?

우선은
각자 5명씩
애플 멤버를 맡아서
내가 했던 이야길
전하고 진위 여부를
확인해봐.

이브의
뇌신경 소자를
찾아보라고.

강아지가
끼어들기 전에 원상태로
돌려놓고.

거기서 얻어낸
이브의 동행금지 구역을
공유할게.

각자 구역을 정해
체크하는 거다.

우리가 만들고 있던
실버퀵 내부 지도의 누락
부분을 채울 거야.

그럼 탈출 동선이
완성될지도 모르지.

탈출 동선의
완성…?

뭔가 구체적인
아이디어라도
잡힌 거냐?

모두들…
잘 알 거야.

크라잉 대디의 죽음…

에브라임 쿵에 의해
발생했다는, 일명 '아담의 밤'.

그 살육의 밤을
막기 위해

선배들은 어쩔 수 없는
선택을 했었잖아.

그런데 말이야. 난…
그 사건을 겪으면서 어쩐지
결정적인 탈출의 실마리를
얻게 됐다는 느낌에…

그래서…

본부 내의
또 다른
에브라임을
찾으려 했어.

그건
확인했어.

누군지도.

신입, 아셀 군.

좋아…
잘했어.

이제…
이번 업무의 진짜 성과를
얘기해줄게.

지금 공동 아이템
목록에 보면 프린세스라는
파일이 있을 거야.

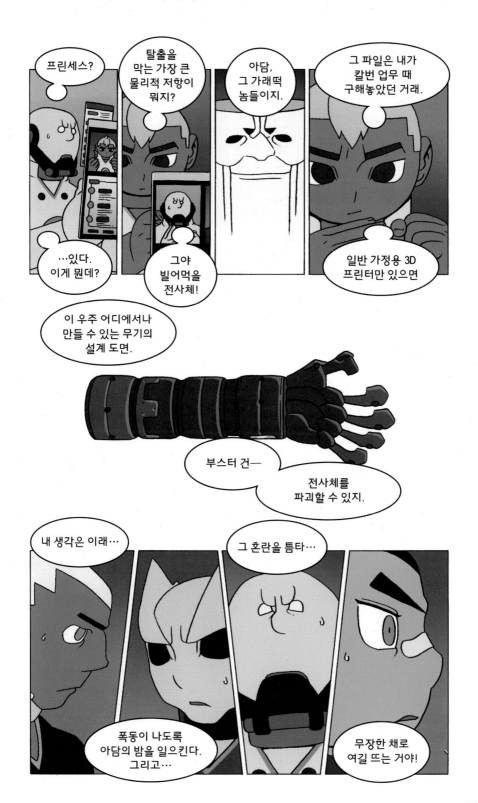

……

팅

가야 님!

가이린 님 아버지라는 분이 면담 요청을…

!

……

……

……

제게…

하실 말씀이…?

……

고맙다는 말을 전하려고.

......

이제 곧 데바림들과 동행하게 될 텐데…

네 덕분에 백작의 보복 조치를 면했구나.

게다가 그토록 바라던 우라노의 자유민 신분도…

이후 외행성으로 이주할 거란다.

......

돈이… 필요하신 건가요?

......

아니. 돈은 괜찮아.

이주하면 우라노엔 다시 못 올 것 같아서.

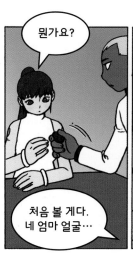

뭔가요?

처음 볼 게다. 네 엄마 얼굴…

......

예쁜 분이셨네요.

아니야. 내 피가 섞인…

네가 훨씬 더 이뻐.

......

도대체…

그동안 난 뭘 위해 그토록 싸워왔던 걸까…?

......

백작님께 건강히 오래 사시라고 전해드려라.

갈게.

......

......

가야 님.

후르룩

……

그래…?

경력이 화려하군. 자넨 누굴 목표로 하고 있는데?

저는 제2의 하즈가 되고 싶습니다.

!

하즈? 엘가의?

흐흐… 최근 엘가가 드러낸 발톱에 8우주가 발칵 뒤집혔지,

모두들 제2의 하즈를 찾겠다고 난리야. 멍청이 엘가 놈은 복도 많아. 어떻게 그런 인재를…

저게 미쳤나?

음식 식겠어. 어서 들어.

곁에서 잘 보필하고 있다가 휴가 끝내시는 대로 모시고 와.

팅

그래?

알았어. 페드릭에게 당장 이곳으로…

가이린이 날 찾는다는군.

롯!

네, 백작님.

슈슉

......

혹시…
담배 있나?

잠시만요.

아저씨, 담배 있으면
좀 꺼내봐.

…뭐?

뭐야, 이 미친놈은?
너 내가 누군지나 알고…

후우우우…

틱 틱

이봐, 롯!

예!

이만 가지.

어디로
모실까요?

어디긴?
방금 휴가 끝났어.

교차공간을 둘러싼 사물 큉 방벽의 특성상

무엇이 8우주로 넘어왔는지는 아직 모른다.

우리가 할 수 있는 건 종단 기록에 의존해

최악의 사태를 대비하는 것.

여러분에게 전한 잠복 근무지들은

하데스가 넘어왔다는 가정하에 도출한 장소들이야.

만일 놈을 발견한다면

현장에서 바로 즉결 처분하도록.

그것이 종단과 이 8우주의 평화를 위한 최선이다.

추가 질문이 없다면 브리핑은 여기까지.

형제들에게 건투를! 뭇시엘!

뭇시엘!

그래. 내겐 태모신교 최강의 큉 군단이 있어.

예민해할 필요… 없다고!

……

타닥
타다닥

……

끄응…

도대체…

항로 오류로
8우주 물류 대란인
이 난리에

소유주인
고산가와 엘가…
왜 이렇게 조용한
거야?

서로
보복 조치라든가
수습을 위해 왕래가
있든가…

평의회 통신에
정황상 두 집안의
충돌을 암시하는

단 한 줄의
언급이라도
있어야 되는 거
아니냐고?

물류 사태가
얼마나 심각한
건데…

젠장!
내가 너무 단순
했나?

팅

분명히
어느 한쪽에서
뭔가 터져야…

……

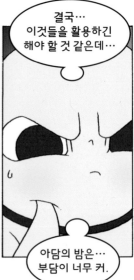

결국…
이것들을 활용하긴
해야 할 것 같은데…

아담의 밤은…
부담이 너무 커.

지금쯤…

종단의 개들이
소란일 테지?

교차공간에 남겨놓은
흔적으로

아무렴. 내가 그 정도를
대비 못 했을까…

난 이 8우주에 놀러
온 게 아니야.

종단 군수업체가
8우주 행성들마다
던져놓은.

이것이…

어쩐다?
이 무시무시한
상자의 사용법을
알게 돼버려서.

그런 일이…
이리 와.

응? 벌써
온 거냐?

탁

저런…

가이린에게는
내가 있잖아.

……

두고 간 짐이라도
있었던 거야?

왜?
아버지가
안 챙겨줬어?

마무리할
일이 있어 잠시
돌아왔습니다.

일을 끝내고
엘가를 떠나면

두 번 다시는
돌아오지 않겠습니다.

이봐, 흰머리!

대체 어디로 가는 거냐고?

독방은 면하게 해준다며?

응, 그럴려고.

뭐… 뭐야?

설마 독방보다 심한…?

진정해. 이곳에 독방보다 심한 체벌은 없어.

아니! 어쩐지 엄청 불안해!

내가 꺼내줄 때까지 아담이 곁에 있을 거야.

탕

이… 이게 무슨 냄새야?

명심해. 이건 체벌이니까

그 안에서 난동 피우면 아담이 네 목을 날린다.

아, 글쎄 이 기분 나쁜 공간은 뭐냐고?

정화조.

분뇨 임시 저장 탱크 중 하나야. 곧 쏟아져 들어올 거야.

오물이 목까지 차오를 텐데 그곳에서 부디…

48

8우주 평의회 보안국

그럼 혼자 속 태우지 말고 너도 다중 연애해.

야, 한 사람 마음 둘 곳도 없는데…

마, 마음은 여기저기 둬야 커져.

팅

!

자네가 행성 간 연결망 담당이지?

아, 네! 팀장님.

이거 뭐야? 이 블랙아웃 화면은

다른 행성은 별문제 없는데…

행성 코반만 아까 오후부터 계속 이 상태야.

행성 간 통신은 두절이고… 뭐지. 이 상황은?

이… 이상하네요. 이런 경우는 두 가지 뿐인데…

강력한 태양풍으로 행성 통신 시스템이 망가졌거나

아니면…

행성이 사라졌거나…

두 사람…

다치지 않게 조심해.

……

다녀오겠습니다.

네, 주인님.

말했던 대로 난 데바림들과 함께 출발한다.

거사를 치르는 장소는 모압이야.

롯과 페드릭에게 모압, 악덕의 상자를 열어두라고 해.

백전사들 소집령, 앞으로 대기시키고

내가 고산가에 머무는 동안

네, 도련님!

자네에게
너무 큰 짐을 던져주고
가는군.

판타레이…

데바림!

……

……

좋아! 종단 방문을
실시간으로 8우주
귀족들에게
생중계해!

방문?

시작됐군.

네,
엘가로부터의
전언입니다.

지금
종단 긴급 상황
때문에 백사회가
빠진 상태…

…라지만
어차피 우리
역할은 간접
참여.

54

그럼 굳이 백사회가 바로 나설 필요는 없지.

사업장엔 수호사제들로도 충분해.

지금 감찰국 소식은?

하데스의 출현을 기다리는 중이랍니다.

최악의 경우, 엘가의 요청으로

백사회를 소환하는 게…

오케이!

고산가 사업장으로 사제들을

전면 배치 시키도록!

도망?

내 구역에 그런 쥐구멍이 어딨어?

아그니 자매회로…

어쭈? 이 쥐새끼들이

머리를 쓴다는 게 고작…?

그래봐야 아차피 그 농장도 내 땅의 일부야.

웃차!

！

안 잤어?

그런 건 남의 침대에서 내려온 뒤에 물어. 비켜.

슈 슉

수고했네.
잘해주었어.

소환령이
있을 때까지 숨어
지내시게.

네, 하즈 님!

슈 슉

배 안에서 찍힌
연출 상황을 메인 뉴스로
8우주 귀족들에게
전부 뿌리고

상황을 종단에
알리도록.

좋아…

엘가의
움직임에 답변을
줘야지.

수호사제들에게

고산가의
데바림족 납치
사건을 알려!

고산가에 대한
반감을 자극해서

그들 사업장에
확실한 테러를
가하게 해!

백경대 전력이
각 사업장으로 분산
될 수 있도록!

59

......

왜 갑자기
다이어트 식단인
거냐?

사람이
많아져서 먹거리
나누어야 한대.

도대체
축제 기간에 왜 이런
소란이래?

고산 공작이란
놈이 빚 독촉을 심하게
해서래.

정말 나쁜 놈은
그 자식이라고…

......

뭐야?

REC

잘 들어!

REC

다시 한번
이야기한다!

우린 고산 공작님의
자경단 백경대다!

이 시간 이후로
이 여객선은 우리가
접수한다.

이 정도라면
곧 복면 없이…

……

수술 흔적이
빨리 아물고 있어요.

다행이군.

!

뜻밖의 물건?

네, 어르신

백경대
몇몇 올드보이들이
빼돌린

엄청난 양의
아오리카 1등급…

엄청난 양?

얼마나 되길래?

정확히는
알 수 없지만 약간의
과장을 보태서…

행성 하나는
살 수 있을 것 같습니다.

아아아…

이 무시무시한 돈 냄새…

난 이제 자유야. 은퇴다.

슈슉

예, 알겠습니다. 그럼…

틱

OFF

……

백작님께 뭔 얘기한 거요?

응, 우리가 발견한 아오리카의 흔적들 말씀드렸어.

잘 지키고 있으라시네.

털썩

왜?

……

형!

더도 말고 절반만. 응?

딱 절반만 빼돌립시다. 어차피 백작님이 직접 보신 것도 아니고…

안 돼! 저런 거 함부로 손댔다간

평생 우주 패트롤에게 쫓기게 될 거라고.

염병, 저기 박스 백여 개만 팔아도

패트롤 같은 거 몽땅 사버릴 수 있다고.

…라고 내가 왜 당신한테 허락을 구하는 거야?

어차피 내가 발견한 거니까 당연히 내 건데.

물건 나르는 거 좀 도와줘. 몇 상자 드릴게.

뭐? 이게 미쳤나? 어림 반 푼어치도 없는…

슈슉

……

뭐야?

......

두 사람…
연결이 여전히 끊겨
있습니다.

귀족 연합에서
조만간 평의회를
통해

도대체
이것들이 엘가에서
어떤 제안을
받았길래…

고산가에 항의 의사를
전하겠다고…

신났어.
기다렸다는 듯
달려드는군.

이거 상황이
지나치게…

사업자들로부터는
백경대 투입 요청이…

데바림 납치에
종단의 미래를 빼앗겼다고
주장하는 신도들과
수호사제들이

사업장에
무차별 테러를
시작했답니다.

이 난리가
빨리 수습되려면

역시 저 친구가
고산이 상태를 직접
확인해야지
않겠어?

아뇨, 그건
다른 귀족들에게
빌미만…

잉?

무작정 떼쓰면
고산과 대면할 수
있다고.

우선 당장은
정정보도 내보내고

저 친구들이
이곳에서 어떤 대우를
받는지 알려.

69

시간이 걸리더라도 평의회의 중재를 통해

저들을 무사히 되돌려 보내는 게 최상입니다.

구조 요청한 사업장엔 백경대 급파하고.

네!

……

제기랄! 예상보다 훨씬 더 침착한 대응이야.

이러다 평의회가 끼어들면 어쩌지?

대책 세울 여유 없게 막 밀고 들어가야 하는데…

그런 염려는 안 하셔도 될 것 같습니다.

지금 평의회가 그럴 만한 여유는…

평의회 비상회의

당장은 8우주 전역으로 퍼지는 폭발 파편 대비가 필요하고요. 이후로…

잠깐만!

이해할 수 없어. 이게 행성 코반의 화력량으로

일어날 수 있는 일입니까?

예, 몇 번이고 계산했습니다만

저희가 가진 데이터로는 분명히 불가능합니다.

물론 이론적으로 가능한 물리량의 경우가 하나 있긴 합니다만…

그건 어디까지나 이론일 뿐입니다.

아직 우리 8우주엔 그런 기술은 없습니다.

그게 뭔데요?

그건…

사물 쿵과 그 전사체의 결합으로 인한 대폭발입니다.

71

……

뭐야?
저기 냉장고에
볼 일 있어?

……

소속이
어딘진 모르겠지만
그런 거라면

한발 늦었어.
여긴 우리가 먼저
접수했으니까.

접수?

저게 어떤 물건인지
알고나 하는 소리냐,
꼬마야?

아저씨,
내가 친근하게
느껴질 순 있을 거야.
처맞기 전까지는.

거기, 용무가
뭔가?

……

그래. 일단은
좀 쉬어야겠어.
강행군이었으니.

종단 놈들의
시선도 좀 돌려놓고…

파리들과 말 섞을
여유는 없다고.

뭐?
파리?

야! 지금 내 앞에서
등을 보여?

슉
슉

안 돼. 잊었어?
과실로 보이게
하랬잖아.

그럼?

호조 님께
먼저 알려야지.

......

ㅎㅎㅎ...

고산에게 불만을
가진 동지들이 전부
들고 일어섰군.

귀족 연합의
5분의 4도 넘겠어.

거기다 이렇게
실명으로 자기 의사를
밝히니 자신감이
붙는걸.

호조 님!

엘가 놈이
아그니 자매회에?

예, 확실합니다.

그래, 알았어.
놈을 계속 주시하고
있어.

옛썰!

......

귀족 연합에서
보낼 항의서에 동참
하실 거죠?

평소 고산에 대한
내 적대감을 잘 아는
친구들은

당연히 내가
동참할 거라 생각해서
보냈겠지만

75

......

그… 그게 지금 상황이…

도대체 지금 그게 무슨 소립니까?

그럴 여유가 없다니? 의원님이 우리한테 할 소리는 아니죠.

행성 코반이 갑자기 사라져버려서 평의회가 발칵…

조금만 시간 여유를…

이거야 원…

약에 쓰려니 개똥도 없구먼.

행성 코반의 데이터 항목이 블랙아웃 상태인 건 사실입니다.

티 딕

......

......

티

티

틱

안 돼. 안 돼. 이렇게 시간을 끌게 되면…

손해를 복구할 수 없는 시점이 와.

어쩔 수 없군.

엘가의 그 망나니가 고산과 직접 대면하게 해야겠어.

상황을 확인하면 물러날 테지.

77

뭐?

행성 코반이 사라져?

그게…
비유적인 표현이
아니라

말 그대로
물리적인 폭발로
사라졌다고…

평의회에 긴급
비상대책위원회가
구성됐답니다.

폭발?

그건
불가능해.

행성이 그런
물리량의 폭탄을
가질 수는 없어.

아무리 평의회
관리가 소홀하더라도
시스템상으로
불가능하다고.

폭발로 사라져?
그런 일은…

일단
평의회의 공식 발표가
있어야 할 것 같군.

그건 그렇고…
하데스의 출현 소식은?

출몰 예상
지역에선 아직 어떤 흔적도
못 찾았답니다.

이상해…

교차공간에
자기가 왔다는 메시지를
분명히 남겼어.

그럼 어떻게
해서든…

……

!

좋아, 아주 훌륭해.
잘했어.

걱정 마.
접시까지 먹을
기분이니까.

남기면 안 돼.
들키면 곤란하다고.

일 안 나가니까
너무 좋다.

못써. 사람이
일을 해야 사는 거야.

고마워.

요령만 늘면
민폐라고.

하지만…
너무 무섭고
아픈걸.

너 지금
하는 일 말고

다른 거
하고 싶은 게
있어?

응! 학교
다니고 싶지. 다른
애들처럼…

친구도 만들고…

......

......

뭐야, 이거나 먹으라고?

거 무슨…
그거라도 드시라고.

숙

지익

안 된다니까!

아, 진짜…

팅

!

고산가 접견실이야.
두 사람 여기 좌표로
당장 와줘.

네, 도련님.

당신한텐
한 푼도 없을 줄
알아.

닥치고
문이나 닫아!

슈 슈 슉

공작님과의 대면… 두 사람 좀 껄끄럽겠나?

그래그래.

우리가 왜요? 불편한 건 그쪽이죠.

자네들은 이미 우리 엘가 사람들이니까.

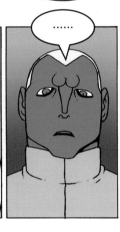

......

......

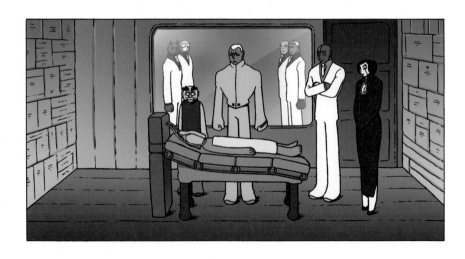

......

저런 상태로…
얼마나 되신 거냐?

그걸 엘가 놈들이
알 필요는 없잖아.

대답하는
싸가지하고는.

아주 박력이
질질 흘러넘치셔.

이 정도일 줄은…
몰랐습니다.

네, 그래서
도련님과 놀아줄
여유가 없는
겁니다.

그럼 저
혼자서라도.

파 바 밧

크윽!

털썩

뭐야?

스응

이… 이런!

퍽

퍽

예, 그럼 제가 이곳에서 도울 일은…?

붉은늑대들로 만일에 있을 고산가 반격에 대비해.

놈을 구하려고 안으로 들어온 백경대를 설득해

전부 우리 엘가로 복속 시킬 거야.

신구백경대를 통합하는 거다!

잠시 고산이 가졌던 꿈의 화력!

우리 엘가의 자경단을 이름에 걸맞게

8우주 최강으로 만들 거야!

네, 알겠습니다. 기다리겠습니다.

오케이!

……

응? 하즈 님이 담배를 태우셨던가?

그러게. 나도 처음 보는데?

타다닥

탁

호아아아…

핵심은 끝났다.

아고야, 됐다 됐어.

이젠 그만…

팅

!

……

됐다. 이 정도면
아무도 모를…

참
부지런해.

......

......

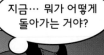
지금… 뭐가 어떻게
돌아가는 거야?

도련님이 사전에
뭐가 얘기했어?

당신한테도
안 한 얘길 내게
했겠어?

이거… 어떻게
되는 거지?

여러분!

8우주 최강의
백전사들이여!

오늘은
8우주 역사에

새로운 페이지가
시작되는 날이다!

고산가라는
낡은 과거를
청산하고

엘가라는
미래를 여는
순간이야!

여기…
미래가 우리에게
있다는 증거다.

데바림들이 엘가와
함께한다고!

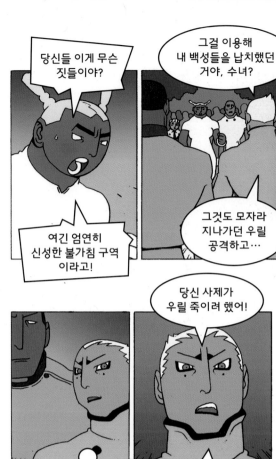

당신들 이게 무슨 짓들이야?

여긴 엄연히 신성한 불가침 구역이라고!

그걸 이용해 내 백성들을 납치했던 거야, 수녀?

그것도 모자라 지나가던 우릴 공격하고…

……

당신 사제가 우릴 죽이려 했어!

저놈이로군.

지금 일어나는 일은 모두 정당방위야!

……

!

스르릉

97

......

아니, 잠깐.
저분은…

우리가 찾던
엘가의 그 매니저분
아닌가?

저런! 저분도
이곳에 잡혀 있었던
거였구먼.

외행성민까지…
너희들 정말
파렴치해.

다음!

다음은 우리
고산 공작님!

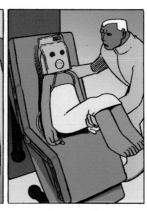

여기 공작님이
여러분들을 어떻게
하려고 했는지

아마도 잘
알고들 있겠지?

이 친구가
여러분들에게 살의를
품은 이유는

자네들 파견지
귀족들은 이미 알고
있었던 사실이야.

자기
아버지의 죽음을
막지 못했다는
이유로

여러분들을
한 사람도 남기지 않고
치우려고 했다는
거야.

......

조용한 걸 보니
고산의 강아지들은 아직
오지 않은 모양.

살아서
나오는 게 없게
하라니…

하즈 그 양반
우리에게 이런
짓까지 시키는 걸
보면

우릴
정말 심복으로
여기는 거야.

뭐 앞으로
한 10여 년 써주면
되는 거잖아.

......

뭐야,
저놈은?

종단 기록을 분석해
출현 가능성이 가장 높은
곳이라더니…

왜? 아직도
잡히는 게 없어?

전혀!

감찰국에서
잘못 짚었다고 사제들
불만이 커.

피로가 많이
쌓인 모양이야.

이크! 째려본다.
끊어.

이런…

OFF

지금 누가
누구의 눈치를
보는 거야?

당신의 지위는
나보다 높은가?

뭐?

갑자기
뭐라는 거야?

외근
근무자들
업무 메꾸려면
어서 부서로
돌아가.

그런가 보군.

ㅊ
ㅈ
ㅈ
ㅈ

!

……

!

응?

자넨 뭐야?
여긴 간부들…

내가 왜
이 시간에 여길…

치직

치지지직

……

……

!

란께서는…?

후우우우…
과부하가 시작됐어.

8우주 내부 요인 때문에 행성이 사라진 거라면 란께 저런 일이 생길 리 없지.

그 정도 연산은 감당하신다고.

그… 그럼…

교차 공간을 넘어왔다는 그 외부 존재가 원인이야.

명백해. 그것 때문에 행성이 사라진 거야.

행성 야나, 교차공간

츠즈즈

뭔가 잡혀?

말 걸지 마. 기억 읽어내는 데 집중력 떨어져.

소문 이상이야. 아무리 평의회가 여길 돈벌이로 사용한다지만

이렇게까지 현장 경비가 허술할 줄은…

이런 줄 알았으면 진작 급파돼…

츠츠즈

!

놈이다…

하데스!

……

！

……

하이퍼?

우리 백사회 팀은 아니고?

응, 좀 달라.

팀이 아니라 혼자야. 위치도 감찰국 지시와 다르고.

어디에 있는데?

……

아, 좋다…

8우주가 그리웠던 이유 중 하나야.

슈슈슈

훠훠

팔락

!

팔락

어이,
여긴 좁아.

밖으로
나가자고.

뭐? 하데스가
틀림없어?

예, 국장님!

그런데…

!

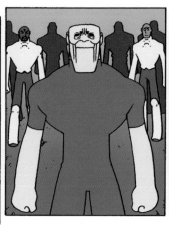

예상보다
빨리 찾아왔군.

하긴 종단의
개들이라면…

......

타

후우우…

......

국장!

네, 주교님.

이 절대적 위기는
최고의 기회야!

하데스를 처리하면
자네에게

사제 출신은
상상할 수도 없었던
종단 내 특권을
약속할게.

자, 고산
퍼즐 만들기…

누가 먼저
시작할지 정해졌나?

연장자인
제가 시작합니다.

좋아!

감찰국 기밀자료실

조이잉

팅

……

이거 괜찮은 몸이로군.

바깥 소동 덕분에 이런 접근이 가능하다니…

이 몸이 인지하는 여기 정보들의 수준은

모두 1급 기밀.

저장장치를 빼 가야겠어.

……

행성이 사라져?

예, 평의회의 공식 발표가 곧 있을 거랍니다.

도대체 어떻게 그런…

하즈 님, 종단의 답변입니다.

현재 1급 비상사태로 백사회 사제들을 모압으로 파견할 수 없답니다.

뭐야, 행성이 사라진 사태와 연관이라도…?

이거 곤란해. 백사회의 지원이라는 모양새가…

이런 변수에 대처하려면…

틱

어쩌자고?
이 등신아!

네놈 혼자서
우릴 상대할 수 있다는
거냐?

분위기 파악이
그렇게 안 돼? 이 상황에서
튀어봤자 개죽음이야.

데바림들이
자신들의 미래를
엘가에 의탁한 걸
잊었어?

그딴 거
내 알 바 아니고!

하여간
저 꼬마한테 손댈 생각
하지 마!

아냐, 잘됐어.
저 자식 늘 거슬렸어.

이참에 깔끔하게
같이 정리해버리자고.

알량한 실력 믿고
위아래도 없는 놈.

그래 봤자 달랑
너 하나야!

아니, 여기
하나 더!

!

뭐… 뭐야, 페드릭!
너마저…?

저놈은 그렇다 쳐도
너까지 왜 이래? 그동안
우리가…

죄송합니다, 카인 도련님.
아무리 제가 적을
옮겼다고 해도

고산 도련님의
목숨만큼은 절대로
양보할 수 없습니다.

엄청난 에너지량…
이곳으로 몰려들고
있습니다.

아마도 여기
패거리들…

좋아,
별도의 지시가
있을 때까지.

딱

모두 해산!

슈슈슈

쿵 사제 놈들은 모두
처리했습니다.

더불어
도망치려던 쥐들을
이곳으로 전부 몰아
넣었군. 잘했어.

도대체…

왜
이렇게까지
하는 겁니까?

이런 무의미한
살생은…

나와 내 영지를
지키기 위한
정당방위라고
했잖아!

수녀님도 내 입장이
돼보란 말이야.

119

그런 말 한 적
없대도!

팡

......

뭐… 뭐야,
손에 든 건?
그게 뭔데?

너와
네 경호원 놈들…

전부…
쓸어버린다.

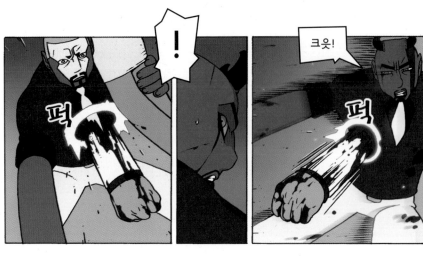

큰 기침 정도의
충격?

닥터들의 소견이야.

경호 부담이
줄어들면서

어째 연봉이 깎일
불안은 커지는걸.

속단하긴 일러.
그 때문에 쿵 마켓이
어떻게 변할지는

지레짐작
만으로는 판단하기
힘들다고.

그나저나
공작님의 아바타는?

사물 쿵 안에
배신자들이랑
잘 있어.

정말 혼자서
괜찮겠어? 방금 도련님이
백경대를 소환하셔서…

응, 메시지 봤어.
나야 여기 임무가
있으니까.

저 내부 상황은
아바타가 잘 정리할
거야.

!

크흑…

그… 그래!

빵 봉투 덕분에
얼굴이 안 보이니

마음의 부담이
훨씬 덜하구나.

이런…

아무래도 여기까지인 것 같습니다.

이 몸으로는 더 이상 접근할 수가 없군요.

응, 이렇게 쉽게 열릴 리가 없지.

로한!

따
★

슈슉

네, 장군님!

……

츠
즈
즈

뭐야, 설마… 자네도 못 푸는 거야?

그럴 리가요. 같은 10진법 체계의 우주인걸요.

시간이 다소 걸릴 뿐입니다.

이 친구들 꽤나 머리를 썼네요. 하지만…

퍼즐 모양이 엄청난 속도로 바뀌는 정도라…

이제 연산속도를 거의 따라잡았습니다.

철
컥

열렸다!

훌륭해! 수고했어!

어디 좀 볼까? 종단 놈들의 시꺼먼 속내를…

크흐윽…

투두둑

……

터엉

!

드디어…

이것들이 정말 공작님을 해치려 했단 말이지.

행여라도 살아서 기어 나오는 놈들은

내가 마무리해주마.

화아아악

우옷…!

커흐윽…

염병할! 뭔 놈의 폭발이 내 순간방어막까지…

......

하긴…

널 본보기로
치운다 한들 8우주
귀족 놈들의 적의가
사라지겠어?

그… 그렇습니다.

오히려
제게 은혜를 베푸신다면
제가 앞장서서…

마찬가지로
너 하나 살려둔다고
해서

놈들의 불만이
사라질 리도 없겠지.
하지만…

저기 내 친구들은
무척 안전해질 거야.

고… 공작님!

뭐… 뭐야, 너?

안에 다른
생존자가 있나?

......

생체반응이…

…전혀 없군.

츠
즈
즈

잘됐어. 이거 내 수고를 덜었군.

수고를 덜다니? 그럼 목적이…?

아, 네 경우는 어떻게 처리할지

공작님께 바로 여쭤볼게.

치워!

떡

팅

!

둘 남고 모두 폭사했습니다.

둘?

예, 데바림 하나와…

배신자들과 엘가의 머저리로부터

공작님을 끝까지 지키려던 저 롯이란…

롯?

왜 하필 저 자식이야? 짜증 나게…

어쩔까요?

어쩌긴. 데바림은 데려오고 저건 당장 없애!

뭐? 야! 야, 고산!

이 자식이 삼촌한테 말하는 싸가지 봐!

......

8우주로 넘어오기 전 내일을 보는 자들의 이야기와.

크흐흐흐…

현실은 늘 상상을 초월한다니까.

대체 종단 놈들은 어떻게 이런 일을 꾸밀 수가 있는 거야?

일치해.

어떤 희생을 치르더라도 우주 정복을 이루겠다?

......

행성 하나를 날려버린 마당에 차마 거기다 뭐라 말을 덧붙이진 못하겠네요.

어허! 또 그 소리!

우리의 목적은 우주 정복이 아니라

흉폭한 광기로부터 우리의 우주를 구하는 거라니까.

전체를 위한 소수의 불가피한 희생인 거라고.

이렇게까지 하는 데에는 몇 가지 분명한 이유가 있어.

먼저 우리의 움직임에 가장 큰 걸림돌이 될

동방 태모신교 최강의 방어, 사후 처리 시스템…

인과율 계산 쿵, 란!

녀석에게 우리의 동선 흔적이 알려지는 순간.

우린 놈의 연산 범위 안으로 들어가버려.

시간이 지날수록 종단의 추적은 빠르고 정확해져…

결국 그 집요한 놈들에게…

그러면 우리가 넘어오기 위해 치른 대가는 둘째치고

너희 우주는 원래대로 끝장나고 말아.

놈의 개입을 막는 유일한 방법은

과부하로 놈의 시냅스를 전부 태워버리는 것.

그걸 위해 앞으로 행성 하나를 더 날릴 거야.

그것으로 우리는 여기와 거기,

두 개의 우주를 구하는 거라고.

장군님…! 감찰국에 잠입하면서 느낀 건데요.

저라면 충분히 그 란이라는 쿵 놈에게 접근할 수 있지 않을까요?

그건 불가능해. 놈이 있는 곳은 감찰국과는 차원이 달라.

태모의 정기 거주 공간이 있는 곳이야. 거길 지키는 존재들은…

……

여하간… 너희의 심리적 저항은 충분히 이해해.

그런데 그런 접근이 가능하다 해도, 그래서 종단의 음모를 전우주에 까발린다 해도

139

넘을 수 없는 벽에 부딪히게 된다.

바로 종단에 매수된 평의회 의원 무리들.

돈이 된다면 이 8우주라도 팔아치울 놈들의 방해 공작을 뚫을 방법,

이게 행성을 날리는 두 번째 이유야.

이 충격 요법이라면 평의회를 움직여

종단을 완전히 해체할 수 있을지도.

행성을 날린 직후 종단 미치광이들이 꾸미고 있는

프로젝트 덴마를 막기 위해 세 군데를 초토화 한다.

놈들이 숨겨둔 태궁 내부에 재건된

교차공간.

이 거대한 악행을 가능하게 만든 자금줄인

고산가.

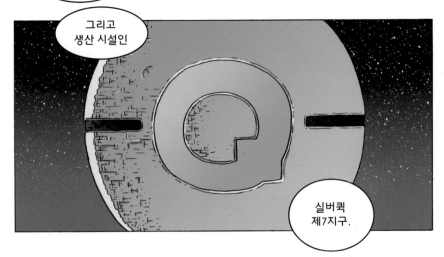

그리고 생산 시설인

실버퀵 제7지구.

시끌벅적

와자지껄

후우우…
본부 분위기
정신없네.

덴마 놈한테서
애플 회합 내용을
직접 들어봐야겠어.

솔브레인 코어?

에브라임의
머리뼈로…?

응, 외부 검색엔진으로
알아냈는데

이게 블랙마켓에서
종종 거래되나 봐.

그럼 블랙마켓을
통해 당장 그걸…

실버퀵의
감시 때문에 쉽진
않을 거야.

뭐야? 우릴 보고 손 흔드는 것 같은데…

응, 분명히…

아는 녀석이야?

!

참, 기억이 지워졌댔지.

아, 행성 칼번에 동행했다던 흰머리 사제…?

저기요…

화장실까지 따라오실 건가요?

응, 야와 님의 명령이야. 군의 신변을 보호하기 위해선 그렇게 해야 해.

……

……

……

젠장할! 신변 보호라니… 놈이 우리 계획을 전부 알고 있는 거야.

그거야 뭐 당연한 거고…

분명해. 강아지 놈… 우릴 어떻게 이용할지 고민 중인 게지.

어떻게든 결정을 내렸다면 저렇게 번거로운 짓거리를 할 리가 없어.

143

그래도 행여 후환이 남을지 모르니 더 확실하게…

구경꾼답게 잔인하네.

자신이 섬기던 주인을 위해

하이퍼 쿵 백 명을 상대로 목숨까지 내놓으려던 자야.

명령이라 따르긴 했지만 이번 건은 공작님이 과하셨어.

더 이상은 고인에 대한 모독이라고.

슈 슈

얘기해봐야 당신들이 우리 심정을 알 리 없지. 갑시다.

ZZZ…

……

왜…

왜 이렇게 불안하지?

 슉

 슈슈슈슉

 닥터 팀 준비됐습니다.

 후우우욱…

아, 이 영감 진짜…

 뭐야, 가슴골 보여주는 악취미라도 생긴 거냐?

왜? 흥분돼?

148

후우우… 결국 이렇게 모압에 다시 오게 되네.

데바림들의 예언이란 것, 정말 피해 갈 수가 없나 봐.

여긴… 변한 게 없구나.

아, 저 양반…

아저씨, 콴 아저씨 냉장고 어디쯤 있어요?

츠 즈 즈

응? 다짜고짜… 당신 누군데?

뭐야? 왜 허락도 없이 남의 기억을…

타

오케이!

어? 잠깐! 넌…

슈 슈 슈

그 난리를 피우더니 결국 이런 곳으로 옮겨다 놨구나.

！

……

아, 안 돼! 숨을 안 쉬어.

얼마나 된 거지?

제… 제발 전자극 임계점을 넘지 않았길…

선배!

나 왔어! 일어나!

텅

일어나라고! 이 바보야!

151

후우우우…

내 판단이 너무 안이했나?

8우주 패권을 두고 내가 지나친 요행을 바란 건가?

빈틈없는 계획…

그 오만이 가장 큰 빈틈이라는 내 판단에 너무 의존한 걸까?

직접 고산을 치겠다는 카인의 발상은 유치해 보이지만

누구도 생각 못 한 빈틈을 노리는 매서운 구석이 있었어.

우리 중에 배신자만 없다면 절대 실패할 리 없다.

어떤 변수가 생긴 거지? 그저 내가 조바심이 나서 이러는 건가?

팅

하즈 님!

응? 원장…

백작님 건강에 무슨 문제라도?

아뇨, 그게 아니고…

야, 이 자식아! 정신 차려!

책임을 져야 할 것 아냐!

저기… 가야 님, 지금 안정제 때문에…

가야 양이 빈사 상태의 롯 군을 데려왔습니다.

153

아… 안 돼.

이런 어처구니없는 꼴로…

하즈 님…?

뭐… 뭐야, 넌?

이 손 치우지 못해?

잠시 뒤 공작님이 여기로 오실 거야.

이 주변에 별다른 위험 요소가 없는지 검사하는 거다.

지나친 프라이버시는 모른 척할 테니 불쾌해할 것 없어.

……

응?

헤글러 이 자식, 일처리를 어떻게 한 거야?

구백경대 배신자 찌꺼기들이 아직 몇 남아 있잖아.

어딜 다녀온 거야? 다들 기다리고 있었어.

응, 일이 좀 있어서…

하아아아…

피곤하군. 몹시…

그래, 여긴 어때? 고산가 사람들이 우릴 대하는 태도는?

당황한 사람들 치고는 꽤나 차분해.

게다가 보시다시피 거의 귀빈 대접.

엘가 놈들 매너에 비할 바 아니라고.

내가 이곳에서 당신들을 도울 일이 있을까 싶어.

나도 예전 같지 않은 데다…

하아켄 님, 술 좀 얻어 왔어요.

여기 경호원들…

ZZZ…

어?

ZZZ…

아론 님…?

쉬이이이…

......

행성 간 순간이동 놔두시고 갑자기 이런 번거로움을…

저희 순간이동 실패 확율은 3%도 안 된다고요. 왜 갑자기…

됐거든. 그런 건 너희나 하라니까.

그 3%도 해결 못 하면서…

예? 그렇게 따지면…

이렇게 초고속 셔틀을 이용하는 거지.

역시… 이 와중에 행성 간 순간이동이 겁났던 거야.

안전 우선. 그건 너희 임무잖아.

이동 중에 행여라도 시키면 우주에 혼자 내버려질까 봐…

야, 너 코팅한 채로 순간이동 해봐. 그런 말이 나오는지.

네카르에서 귀가하실 때는 어떻게…?

빵 봉투 때문에 앞이 안 보여 잠시 방심했어.

역시… 그냥 무서운 거야.

닥쳐!

젠장! 냉장고가 닫혀 있던 때의 기억은 읽히지가 않아.

하지만 닫히기 전후의 정황으로 볼 때…

아무래도 전원 폭사…

아… 카인 도련님과 페드릭 선배…

살금

살금

생존 가능성은… 없는 것 같아.

！

ZZ…

툭

！

허엇…!

아… 안 돼!

......

대… 대체 당신들은…?

우리 백전사 멤버들은 아닌데…

팅

하… 하즈 님!

지금 정황이… 붉은늑대들을 부를까요?

아니. 그럴 필요 없네.

엘가의 매니저들에게 지금 모든 업무 중단하고 바로 퇴근하라고 전해.

예?

자네도 마찬가지고… 그동안 수고 많았어.

틱

OFF

......

잘했어. 현명한 판단이야.

저항해 봐야 무의미한 희생만 있을 뿐.

다니엘 선배, 저희… 모압에 다녀오라고요?

응, 작은 어르신께 위치 확인하고.

거기 가면 헤글러의 미진한 일처리 흔적이 있을 거야.

츠즈

여기 이런 내용… 가서 치우고 와.

......

구백경대…

츠즈

다녀오겠습니다.

공작님은 언제쯤 오신대?

이제 막 워프 스테이션에 도착하셨답니다.

그래? 그럼 한 두어 시간 더 걸리겠네.

모두 여기 경계 잘 서고 있어.

난 가서 롯이란 놈을 처리하고 올 테니까.

슈슈슈

왜?

무슨 일인데?

......

수

이런 일은 정말 드문데.

꿈의 메시지가… 결정적인 큰 틀에서 바뀌었어.

대체 어떤 변수가 생긴 거지?

이런 일이 가능하려면 둘 중에 하나야.

누군가 시간축을 비집고 들어왔거나

인과율 균형을 위해 봉인돼 있던 거대한 에너지가

어떤 이유로 밖으로 기어 나왔거나…

스카아아

......

슈슈

선배… 라고
불러야 하나?

하긴 이제 곧
치워질 테니 그런
고민은 필요
없겠군.

ZZZ…

오케이, 이제
모든 바이오 수치가
정상이야.

슈슈

당분간
깊은 수면 상태가…

아니, 우린
낮잠이나 재우려던 게
아니야.

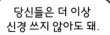

당신들은 더 이상
신경 쓰지 않아도 돼.

이 친구의
영원한 잠을 방해하지
말자고.

모두 여기서
나가.

161

......

그냥…

......

그냥 좀
지쳐버린 것
같아요.

아…

......

토닥토닥

......

아프다고
조례 때 빠진 거…

거짓말이었어요.

도망치고
싶어서, 무서워서 숨어
있었어요.

쓰담쓰담

툭

162

안녕히 가시게.

……

잠깐, 여기서 이럴 게 아니지.

공작님께 내 수고로움도 알리고…

!

응? 선배 이게 뭐야?

고산가의 버려진 찌꺼기.

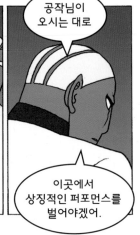

공작님이 오시는 대로

이곳에서 상징적인 퍼포먼스를 벌어야겠어.

고산가 망령들을 정리하고

엘가의 몰락을…

자신감이 넘쳐나는군.

……

뭐?

흐흐…
조퇴니까 클럽 예약
시간 좀 땡기자.

!

오, 맙소사!
내가 무슨 소릴 들은
거야? 당장 하즈 님
좀 연결해봐.

응?

팅

아, 지금 통화
괜찮으세요?

매니저들은 모두
퇴근했나?

네, 종일 그것만
기다리는 녀석들이라…

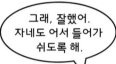

그래, 잘했어.
자네도 어서 들어가
쉬도록 해.

저… 저기…
아까 말씀하신
그동안 수고했다는 건
무슨 의미신지…?

……

앞으로도
계속 수고해달라는
거지 뭐.

아…

그럼 내일
뵙겠습니다.

……

틱

OFF

하여간
이 월급쟁이들…

이봐,
방금 우리한테
뭐랬어?

아, 별 얘기
아니라네.

자네들이
열심을 내는 모습을
보니 문득 의문이
들어서.

본인들이 지금
무슨 일을 하려는지
알고는 있나?

165

백전사… 그러니까 당신 선배들.

한때는 그 친구들도 자네들 못지않게

고산가에 충성을 다했을 텐데 지금은 후배들에게 사냥 당하는 꼴이야.

어째 이들의 신세가 자네들의 미래로 보여서 말이야.

뭐야, 궁지에 몰리니까 입으로라도 털어보겠다고?

우리에겐 안 통해.

당신들은 고용주를 위해 목숨을 내놓는 사람들이야.

그런데 고산은?

자네들에겐 큰돈이지만 자신에겐 얼마 안 되는 푼돈을 낼 뿐이지.

그저 몇 푼으로 당신들 목숨을 얻는 거라고.

목숨과 푼돈을 내놓는 사람 중

과연 누가 진실을 얘기하고 있을까?

배신? 과연 어느 쪽이 정말로 그런 걸 할 수 있는 거지?

선배들이 고산에게 어떤 대우를 받았는지 듣기는 했나?

자네들이 치우려는 건 적이 아니라 푼돈 내는 귀족 놈에게 버림받은 동료들이야.

고산의 시선에도 아랑곳 않고 그들을 끌어안은 8우주 덕망의 엘가라고.

어떤가? 이런데도 여전히 본인들 임무의 진실을

직시할 생각은… 없겠지?

166

크아앗!
대체 저건…

퍼버버벅

두두두두

치잇!
안 먹혀! 일단
피하고 보자.

슈슈

촛

이 자식들…

날 치려면
사전에 준비를 철저히
했어야지.

카인 도련님이
폭사로 흔적도 없다는
얘기를 어떻게 하냐고?

그나저나 난감해.
백작님께 이 상황을
어떻게 설명드리지?

아, 그래!
우선 하즈 님께 가서…

167

169

전문가가 참으로
인상적인 이야기를
하더군.

뭐?

헉! 몸을
움직일 수가
없어!

콩들 사이의
우위?

그거야
업자들이 귀족들에게
돈을 더 뽑아내려고 만든
경쟁 개념이죠.

결국은
먼저 치는 놈이
이깁니다.

촛

촛

촛

쩌어엉

소개하지. 엘가의 자랑.
붉은늑대들이야.

......

몸뚱이…
가야가 전부
붙여놓은 것
같긴 한데…

일시적인
마비… 일까?

움직이질
않아. 설마 잘못
붙인 건…

응? 여긴 엘가…
붉은늑대들…?
백경대?

뭐야? 대체 상황이
어떻게 전개된 거야?

역시
하즈 님 말씀이
옳았어.

빈 수레가
요란하다더니…

별것도 아닌
하이퍼 놈들…

8우주에 소문 나게
전부 쓸어버리자.

방심했다는 거…
인정해.

하지만 너희 정말
큰 실수를 했어.

이런 촌구석에 갇힌
일반 쾽 놈들이

감히 8우주
최강의 하이퍼 쾽 경호대
백경대를 건드려?

172

찍

착

고통스럽게
죽여주마.

촷

촷

아무렴!
우리가 너희 같은
것들에게…

슈
슈슈

!

촷

저건 뭐야?
갑자기…

……

가… 가야?

다니엘…

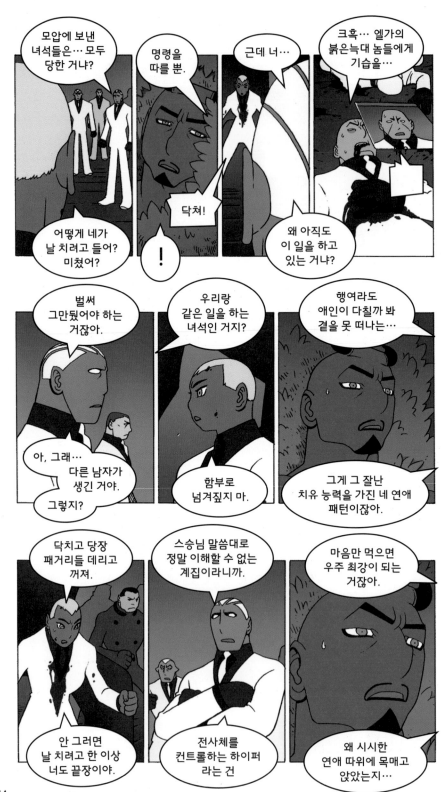

174

175

후우우우…

이제 좀…
쌓인 게 풀리네.

개인적인
분풀이가 끝났으니

이제 이 행성을
파괴한다.

뭐…?

딱

스스슥

……

……

뭐야, 저
녀석들은? 엘가의
매니저들인데…

그랬군.
첩자들이었어.

면목…
없습니다.

179

어때?
가능하겠어?

물론이죠.

사물 쿵의
크기는 중요한 게
아니에요.

충돌시킬 전사체를
같은 사이즈로 만들
필요는 없으니까.

단지 행성 자체가
쿵이라는 사실이 조금
놀라울 뿐입니다.

이 정도 규모의
충돌은 처음이네요.

아마도
8우주 전체가

이 불꽃놀이를

아주 오래오래
기억하게 될 겁니다.

똑
똑

실례합니다.

작은 어르신께서
아론 님을 뵙고 싶어
하시는데요.

예? 저를요?

특별히 전해드릴
제안이 있다고…

......

흐으음…

틱
틱
틱

......

!

아, 어서 오세요.

......

그… 그럼…
저희의 종단행은…?

종단 방문이
데바림 여러분들께
위험하다는 내부 정보가
있었습니다.

그걸 알게 된 이상
그곳으로 보내드릴 수는
없는 노릇이죠.

그렇다고
종단 측 요구 역시
무작정 거절할 수
없는 입장이니…

이렇게 하시죠.

여러분을 실은
저희 여객선을 사고로
위장하는 겁니다.

그럼 당분간
여러분의 신변은
안전할 겁니다.

이런 저희 제안 역시 미리 알고 계셨겠지요?

아닙니다. 저희가 일일이 작은 변수까지 알게 되는 건 아닙니다.

말씀 잘하셨네요. 저희의 제안은 작은 범주의 일입니다. 그러니…

이런 제안을 주실 줄은 미처…

폭발 사고로 위장한 이후의 여러분들의 행보는

저희가 준비해왔던 고산가의 미래 계획과 함께하시죠.

고산가의 미래 계획이라는 건…?

좀 더 정확하게 얘기하자면 고산가를 관리 경영하는

저의 개인적인 플랜입니다.

현재 저희 가문을 규정짓는 모든 수치들은

완전히 정체돼 있습니다.

여기저기의 견제와 방해 때문이기도 하지만

사실 고산가의 성장을 가로막는

크아아아…

가장 큰 요인은 바로…

뭐… 뭐야?

지금 뭐가 어찌 되는 거야?

고산이거든요.

……

185

공격해!

엇!

가이아의 요동 상태가…

총장님!

보고 있어.

진폭을 보니 우리가 다룰 범위가 아니야.

종단 관리국을 통해 감찰국으로 지원 요청해.

어서! 어서 피해요!

안 돼! 우리만 도망칠 수는…

엄청난 회전… 역시 우리가 걱정할 필요는…

제기랄! 전혀 예상 못 했어.

이… 이게 행성 쿵 가이아의 자기방어?

움직여! 어서 움직이라고!

콱

콱

큭!

쉭

슈슉

퍼벅

여자는 헤글러에게 맡기고 흑체를 공격해!

바위들로 찍어 눌러 봉인하자고!

오케이! 쏟아부을게!

즈즈즈

드드드

퍽 퍽 퍽

퍽 퍽 퍽 퍽

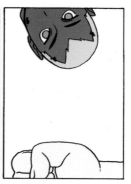

퍽
퍽
퍽
퍽
퍽
퍽

젠장! 지금 우리가 뭘 하고 있는 거야?

전원 약속 장소로 철수!

이런 걸 상대하기엔…

후우우우…

피해 상황은…?

현재 팀원 손실이…

30%를 넘습니다.

맙소사…

……

이렇게 된 이상…

대단히 번거로운 차선책으로 넘어간다.

인과율 변수를 최대치를 끌어 올리기 위해

2인 1조 구성으로 행성을 하나씩 배당해…

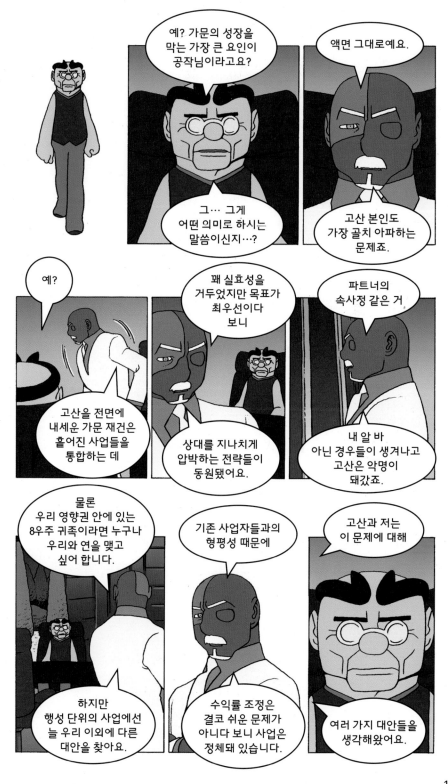

193

그랬군. 결국…
8우주의 패권이

그렇게
엘가로 넘어가게
되는 거로구나.

……

아니야! 아니야!

제기랄! 언제
이런 번거로운 짓거리를
하고 있어!

변칙적으로
빠르게만 움직이면

그깟 종단
인과율 쾽 놈 계산
같은 거… 아무래도
상관없어.

프로젝트 덴마를
막기 위해

지금 당장
세 파트로 나눠서
쳐들어간다!

통행로 교차공간,

자금줄 고산가,

그리고 생산지
실버퀵!

194

후우우…

끼익 끼익 끼익

끼익

……

잠시만, 이거 한 대 마저 태우고 갑시다.

……

예? 공작님이 어디로 옮기셨다고요?

고산… 나이를 추정해보면 나보다는 한참 어려.

얼마든지 내가 다룰 수 있다.

빠짐없이!

남김없이!

전부 쓸어버려!

떡 떡 떡

떡 떡 떡

떡 떡 떡

195

이 정도면…

이 이상 가는 마무리는 없을 것 같군.

거기…!

엘가의 빨간 강아지들 생체반응 좀 체크해봐!

……

클리어!

여기도!

여기도…

클리어!

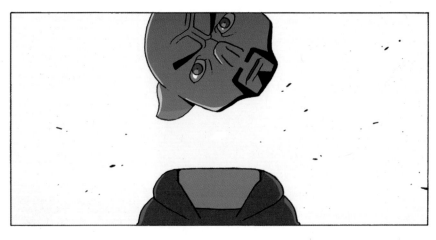

치려던 한 놈이… 하즈 였습니까?

응. 하지만 목을 치겠다는 의미는 아니었는데.

굴복시켜서 엘가 전체를 맡길 생각이었지.

그럼 왜…?

이 맛집 음식이 내겐 좀 짜게 느껴져서.

예?

차라리 싱거웠다면

하즈가 카인을 노렸다는 걸 그냥 지나칠 수도 있었을 거야.

허기 때문에 결국 입에 전부 쑤셔 넣긴 했지만

역시 좀 짰다고. 신경이 곤두서더란 말이야.

개가 주인을 넘봤다는 게 몹시 거슬리는 거야.

오늘 여기 종업원들에겐 단 한 푼의 팁도 줄 수 없어.

……

이 머리를 테이블에 올려놔 주겠나?

이것 참…

내가 대체 무슨 짓을 한 거람.

207

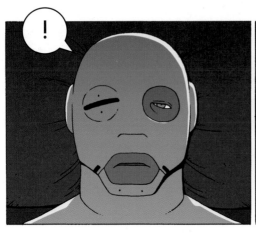

하즈까지
연결이…

분명히 뭔가…
잘못됐군.

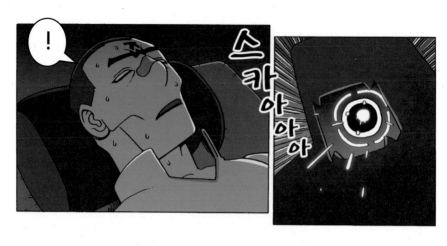

……

이로써 8우주의 새로운 질서, 엘가에 맞설

마왕 팀이 만들어지겠군.

수고했네, 콴.

A.E.

ㅊ
ㅈ
ㅈ
ㅈ

응?

놈들의 진짜 타깃을
알아냈다고?

태궁, 실버퀵
그리고 고산가…

이렇게
세 군데를 동시에
공격할 거라는 메시지
흔적을 읽었습니다.

뭐야,
무슨 목적으로
그곳들을
노리는데?

혹시 우리의
추적을 따돌리려는
수작인 건…?

이곳의
예상치 못한 공격에
당황해

급하게 피하느라
이런 결정적인 흔적을
남긴 것 같습니다.

놈들의 목적은
종단이 비밀리에
추진 중인

프로젝트 덴마를
막는 거랍니다.

덴마? 프로젝트?

뭐야, 그게…?

그리고 무엇보다 이 8우주 침공은

부하들에게 장군이라고 불리는 하데스의 지휘에 따른 겁니다.

장군?

……

이… 이거 놀라운 얘기로군.

프로젝트 덴마가 뭡니까?

종단에 감찰국 기밀 자료실에는 없는 프로젝트가 존재하는 겁니까?

그럴 리가. 모든 기밀들은 감찰국에 숨겨져 있어.

다만 주교급 이상만 접근할 수 있는 기밀들이

그곳에 섞여 있을 뿐이야.

오해는 않도록. 종단의 룰이니까.

아니 저조차도 알 수 없는 기밀을 어째서…

외우주의 침입자들이 알고 있는 거죠?

하데스가 이전부터 알고 있었던 걸까요?

아니, 절대 그럴 리 없어. 그건 국장이 풀어야 할 숙제야.

하지만 정말 이상하군.

외우주의 존재들이 덴마 프로젝트를 언급하다니…

그나마 그 가능성을 추측해 본다면 외우주 테스트에서 발생했던 끔찍한 초대형 사고.

하지만 몇 번의 시행착오를 거쳐 실험의 안전성을 확보한 이후엔

외우주에서 그 어떤 추가 테스트도 없었어.

그렇다는 건… 하데스가 넘어온 우주가

다름 아닌 바로 그 대참사가 있었던…

그러지 마시고 이참에 그게 무슨 계획인지…

아직은 일러. 준비가 끝나면 알게 돼.

프로젝트 덴마는

종단 최후의 생존 전략 정도로만 알고 있도록.

이거… 국장의 임무가 좀 더 까다롭게 됐구먼.

예?

놈들의 예상 타깃에 인원들을 집중 재배치하고

하데스를 반드시 생포해. 속사정을 놈에게 직접 듣고 싶어.

215

A.E.

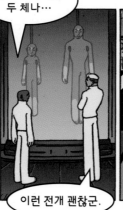

생체 아바타를
두 체나…

이런 전개 괜찮군.

쿵 딜러들에게
연락해서 엘가의 붉은늑대를
다시 구성해줘.

하이퍼들로
고용해서 화력을 백경대
수준으로 맞춰놔.

옛썰!

공작님, 세팅 완료
됐습니다.

번거로우시면
두 체를 동시에 동기화
하셔도 됩니다.

오케이!

틱
틱

지
이
잉

동기화 완료!

우라노에 등록된
엘의 생체인식정보들은
전부 아바타의 것으로
변경해.

슉

슉

슉

엘은…
치지 않고 놔두실
겁니까?

217

218

219

A.E.

······

!

······

후우우···

주인이
죽고 나서 한동안
죄책감 때문에

이것에
의지했었지. 가야랑
사귀기 전까지.

······

역시 이건
첫 한 모금이
전부야.

목말라···

치

스

스

고마워.

주인 생전에는 충성에 대한 보상이 분명했어.

나는 대체…

그래서 그분의 개가 되길 주저하지 않았지.

주인도 없는 고산가에 뭘 기대 하고 있었던 거람?

빌어먹을! 지금의 내 몰골이 어떨지…

!

……

당신… 지나치게 친절한걸.

별말씀을요.

……

잘생겼어… 이 멍청한 턱수염은 주인의 것이야.

그분을 잊지 않으려고 기르기 시작했는데…

내가 받아온 대우에 대한 최소한의 도리라고 생각 했거든.

결국… 부질없는 헛짓거리.

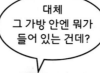

대체 그 가방 안엔 뭐가 들어 있는 건데?

내가 면도할 거라는 걸 꿈에서라도 봤어?

이봐! 이봐!

이름이 뭐야?

나즈레라고 해요.

나즈레?

왜 날 따라온 건데?

딱히… 의지할 데가 없어서요.

잘도… 데바림의 그딴 소릴 내가 믿을 것 같아?

날 이용해 뭘 얻으려는 건지 모르겠지만…

잘 들어!

지금 내게 남은 거라곤 오로지…

지옥 끝까지 쫓아갈 복수심 뿐이야!

A.E.

뭐야…

사무실 집기들이
여기저기…

이건 뭐…
지진이라도 있었던
거야?

맙소사,
저게 뭐야?

광장 앞으로
없던 산이 생겼어.

이거 어째…
오늘 출근하는 게
맞는 건가?

하즈 님께 직접
정시 출근 메시지를
받았는걸.

나 역시
그렇긴 한데…

……

먹통이야.
역시 이상해.

메시지를 보내놓고
오프라인이라니…

무엇보다
하즈 님이 나를
통하지 않고 개별
메시지를?

팅

하즈 님께서
전원 브리핑실로
모이시랍니다.

뭐? 야…

ㅋㅋㅇ
틱

……

이 자식,
제 할 말만 하고…
연결까지 끊어?

웅성
웅성
웅성

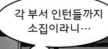

각 부서 인턴들까지
소집이라니…

어디 가요?

아, 잠시
화장실에 좀…

웅성

……

웅성

이거…
엘가 매니저들
총소집령?

붉은늑대
전체가 오프라인?
말도 안 돼!

탁

……

있을 수 없는 일.
이건 함정이다!

척

속

끄응…

어떤 경우에도
매니저 총소집령은
없다는 게 하즈 님의
원칙이야.

촛

만일에
테러로 매니저들이
몰살당하면

엘가의 심장은
멈추게 되는 거라고
늘 경계했다고.

창
악

더군다나
고산가에 선제공격을 한
마당에…

226

그동안 수고 많았다는 하즈 님의 말.

역시 오늘 다시 보자는 인사말이 아니었던 거야.

그 흰 양복들… 아마도 고산가의 백경대…?

타다닥

이건 고산가 테러에 대한 응징인가?

제기랄! 내심 찜찜했으면서도 괜한 일 떠맡기 싫어 애써 상황을 외면했더니…

멈칫

!

염병! 그래서… 내가 지금 뭘 하고 있는 건데?

동료들 버려두고 나 혼자 살겠다고?

오, 제발 내 판단이 빗나가길…

쩌어어엉

!

227

슈슈

처리했어?

윗사람처럼 묻지 말아줄래?

뭐야, 엘가 매니저들을 저렇게 몰살해 버리면

일종의 시스템 정지 아니야?

기계적인 일은 인공지능 관리기가 알아서 잘 처리할 것이고

매니저들의 판단과 선택 역할은 고산가에서 대체 인력들 파견한다고 하니…

새로 매니저 팀을 꾸리기 전까지는 그렇게 임시방편으로.

내가 보낸 리스트 받았지?

뭔데, 이것들은?

엘 백작과 직접 대면했던

엘가의 친족들과 대주주 목록이야. 전부 깨끗히 치우래.

살생부로군. 이렇게 전부 쓸어버리면 사업장들은…?

깔끔해지는 거지 네가 왜 거기까지 신경을 써?

넌 일처리나 꼼꼼히 하면 돼.

이봐, 그건 내가 너한테 할 소리거든.

정말이지…

응?
뭐가요?

엘가의
테러로 이렇게 깨어나다니…
역시 고산 너는

선택받은
인간인 거야.

ㅎㅎㅎ… 절 위해
부지런히 기도 좀
해주세요.

그거야 당연히.
나야 고산가의
진짜 집사인걸.

지금은…
말 몇 마디만으로도
지치네요.

아, 그래.
회복 중인 사람을
내가 괴롭혔구먼
안정을…

그래, 그럼.
태모의 가호가
함께하길.

예, 회복된
이후에 뵐게요.

탁

……

이젠 대놓고
태모란 단어를 쓰네.
아, 정말 짜증 나.
도대체 내가
언제까지

저런 인간 땜에
이런 연극을 해야
하는 건데?

뭘! 엘가
매니저로 잘도
버텼으면서…

기다려.
8우주 귀족들을
손아귀에 넣었다고 해도
우린 아직 종단에
끌려다니는 꼴.

고산가에
침투한 종단 스파이
중에

유일하게 박사는
종단 내 입지를 가진
인물이야.

229

결정적인 순간에
역이용할 최고의 수단…

아, 젠장! 대체
그 결정적인 순간이란 게
오기는 하는 거야?

아버지를 살해한
종단 놈들에게 시시한
복수는 싫다며?

당장 머리를
날리고 싶겠지만
이용할 구석이
있다면

구워 먹고 삶아 먹고
우려 먹자고.

염병!
저 영감을 통해
종단에 거짓 정보를
흘린 게 성공한 적
있어?

그거야 아직…

그럼…

틱

OFF

응?

콰
콰
콱

하아아아…

뭐야,
이것들은 또…?

230

A.E.

……

그래, 듣고 보니…

네, 틀림없이 엘가를 정리정돈하면서 제거 대상들 계좌를 확인할 거예요.

사용 흔적이 발견되면 바로

백경대의 추격이 따를지 모릅니다.

롯 님의 현재 개인 화력으로는…

다… 당연히 내가 이겨. 다만 아직 컨디션 회복이…

그럼 이제 난 어떡해? 뭔가 미래를 본 거지? 말해봐.

전혀… 구체적인 걸 본 건 없어요.

아, 그럼 꺼져!

그런 표현 아름다운 숙녀에게 적절치 않네요.

다만…

제가 확실하게 말씀드릴 수 있는 건

롯 님은 이제…

더 이상 합법적인 방법으로는 이 8우주에서 지낼 수가 없다는 거예요.

매니저들이 몰살…?

네…
거기다 붉은늑대들 역시
전부 연결이 안 되는 걸
보면…

카인과 하즈는?

도련님은
모압행 이후 연결이
끊어졌습니다.

하즈 총매니저가
보낸 출근 메시지 자체도
좀 이상하고요.

백전사들에게선
어떤 소식도 없나?

아, 아니야.
지금 이 마당에
접속을 통해

내 위치가
노출된다 한들 그게 무슨
의미가 있겠어?

내가 직접
연결해보겠네.
잠시 대기해
주게.

예, 백작님.

응?

롯…
롯의 계정은 아직
활성화돼 있군.

……

그래,
지금 내 상황이
어떤지 이제 좀
알겠어.

놈들에게
당했지만 운 좋게
살아남은 게
아니었어.

고산가의
감시망에서 평생을…
도망 다녀야 하는
거야.

이젠 더 이상
8우주의 다른 귀족들에게
날 팔고 다닐 수가
없는 거라고.

235

DENMA 10

© 양영순, 2019

초판 1쇄 발행일 2019년 5월 30일
초판 2쇄 발행일 2023년 7월 31일

지은이   양영순
채색   홍승희
펴낸이   정은영

펴낸곳   ㈜자음과모음
출판등록 2001년 11월 28일 제2001-000259호
주소   10881 경기도 파주시 회동길 325-20
전화   편집부 (02)324-2347, 경영지원부 (02)325-6047
팩스   편집부 (02)324-2348, 경영지원부 (02)2648-1311
E-mail   neofiction@jamobook.com

ISBN 979-11-5740-326-4 (04810)
     979-11-5740-100-0 (set)

이 책에 실린 내용은 2014년 7월 23일부터 2015년 12월 10일까지 네이버웹툰을 통해 연재됐습니다.